Hamburger Abendblatt

schwarze Hefte

Carmen Korn

BARMBEKER BLUES

Ein Krimi vom **Hamburger Abendblatt**

Die Reihe »Schwarze Hefte« wird
herausgegeben von Volker Albers

Copyright © 1999 by Hamburger Abendblatt
Axel Springer Verlag AG

Titelillustration: Wolf-Rüdiger Marunde
Gestaltung und Herstellung: Peter Albers
Satz, Lithographie und Druck:
Heinz G. Tobias, Hamburg
Bindearbeiten:
Schoch & Siege, Ahrensburg

Printed in Germany

ISBN 3-921305-71-3

Nell sah dem Klavier nach, wie sie Joshs Sarg nachgesehen hatte, so, als müsse sie auch noch das letzte Eckchen Holz lange im Blick behalten und sich festklammern daran. Die drei Männer kamen kaum um die enge Windung, die die Treppe in allen vier Stockwerken machte. Ein paarmal waren sie schon am Ölanstrich der Wand entlanggeschrammt und dabei doch gerade erst im dritten Stock angekommen. Drei Männer waren zuwenig für das alte Möbel, das Josh durch sein kurzes Leben geschleppt hatte. Die schwarze Eiche war schwer, und mochten das hier auch harte Jungs sein, waren sie doch keine Profis, nicht einmal Gurte hatten sie dabei. Nell hörte dem

Fluchen zu, und es tat ihr gut. Sie verließ ihren Treppenabsatz und folgte ihnen die Stufen hinunter, um das Klavier noch nicht aus den Augen zu verlieren. Ein Jahr lang hatte sie Josh daran sitzen sehen, ihn seinen sehnsüchtigen Jazz spielen hören, den er abends in der Bar darbot, und ab und zu eines der kleinen wilden Lieder, die er komponierte. Das war vorbei. Die drei hatten endlich die Treppe zum zweiten Stock erreicht, als das Klavier zu kippen drohte und dem hinteren Mann aus den Händen glitt, um dann hart auf das Geländer zu schlagen. Nell sah das Holz splittern, und das war der Moment, an dem sie kehrtmachte, hinaufstieg und die Tür hinter sich schloß.

Sie ging auf den leeren Platz im vorderen Zimmer zu, an dem jetzt der Staub in der Sonne tanzte, und stellte sich dicht an die Wand. Sank an ihr hinunter und schurrte dabei über die Tapete, als wäre auf sie geschossen worden und ihre Beine gäben ganz langsam nach. Sie saß still auf dem Boden und starrte auf die Dielen. Dann erst fing sie zu weinen an.

Er blieb stehen, als er die Haustür offen sah und die Stimmen im Treppenhaus hörte. Er versuchte, ins Innere zu sehen, doch nach der grellen Sonne war das nur ein schwarzes Loch. Der Trupp, der da vor sich hin fluchte, hatte schon die Steintreppe erreicht, die gleich hinter der Tür anfing, ehe er für ihn sichtbar wurde. Das konnte nur das Klavier von dem Barklimperer sein, der auf dem Kiez eine Kugel abgekriegt hatte. Dessen Schmalz war auch kaum zu überhören gewesen. Die Fenster immer weit geöffnet, damit halb Barmbek in den Kunstgenuß kam. Vorbei, dachte er. Seit gut vierzehn Tagen vorbei. Er trat zur Seite, um dem Klavier und seinen Trägern aus dem Weg zu gehen, und sah erst jetzt das Lieferauto, in das sie es wohl hieven wollten. Das Drama würde er sich gönnen. Gut hoch, die Ladefläche. An einem Tag wie diesem einfach stehenzubleiben und sich die Sonne in den Nacken scheinen zu lassen konnte nicht dumm auffallen. Vielleicht kam ja noch die Freundin von dem Klavierspieler herunter. Hatte was, die Dame. Um die sollte er sich kümmern. So allein wie sie jetzt war.

Nell stand auf, weil ihr kalt wurde. Die Sonne blinkte noch in dem Glas, das sie auf der hinteren Fensterbank hatte stehenlassen. Doch gleich würde das Zimmer ganz im Schatten liegen und nur noch düster sein, trotz des orangeroten Sofas, das Josh gekauft hatte, und der Nackten in Acryl, die drüber hing. Vermutlich war beides für Joshs Schwester zu schrill gewesen, sonst hätte sie auch daran einen der kleinen Zettel geklebt, mit dem sie als erstes das Klavier brandmarkte. Nell hatte sie auf der Beerdigung zum ersten Mal gesehen und nichts von Josh in ihr gefunden. Vorgestern war sie gekommen, um Anspruch auf den Nachlaß zu erheben. Nell ließ sie durch die zwei Zimmer gehen und Zettel kleben. Die Jazzplatten lagen unter dem Bett versteckt. Der alte Dual blieb unbeachtet.

Nell nahm das Glas von der Fensterbank, um es noch mal mit dem Gemisch aus Gin und Orangennektar zu füllen, mit dem sie sich durch diese Tage brachte. In der Küche fehlten die Thonetstühle, die Josh beim Trödler gefunden hatte. Sie lehnte sich an den Tisch und stellte das leere Glas neben sich. So entsetzlich still war es in der Wohnung, daß das kleine Geräusch vor der Tür laut schien und Nell hochschrecken ließ. Vielleicht die Alte von gegenüber, die den Schrubber gegen die Tür stieß, weil es Nells Woche war, die Treppe zu putzen. Die Nachbarn hatte Nell nur vage wahrgenommen in dem Jahr, in dem sie und Josh in seliger Abgeschlossenheit lebten. Nell hatte Herzklopfen, als sie die Tür öffnete. Auf der Fußmatte stand eine große Dose aus Kunststoff. Eine Karte mit dem Foto eines Alpenveilchens lag daneben. Herzlichen Glückwunsch. In Gold gedruckt.

Er war in die Goldene Kugel gegangen, ein Ducksteiner zu trinken, hatte es aber diesmal nicht lange ausgehalten in dem dunklen Lokal. Sich lieber bewegen, um die Unruhe aus dem Körper zu kriegen. Helene hieß die Freundin vom Klavierspieler.

Er hatte es auf dem Klingelschild gelesen. Hielt sich für was Feineres, die Kleine. Null Kontakt mit der Nachbarschaft. Das ließe sich doch ändern. Mal ein paar Fäden spinnen, denn mit 'ner Einladung beim Griechen war es bestimmt nicht getan bei ihr. Er schwor darauf, daß sie zicken würde, und fing schon an, schlechte Laune zu kriegen. Er sollte mal über die Herder und in den Winterhuder Weg rein. Zur Alster hin und sich die Beine vertreten. Ordentlich Wind durchs Haar wehen lassen. Das Haar dieser Helene sah aus wie blankgeputztes Messing. Da hätte der Wind da unten was aufzuwirbeln, lang wie es war. Daß sie das Klavier schon weggegeben hatte, irritierte ihn. Er hätte sie für sentimentaler gehalten.

Die Karte hat ja nicht gepaßt. Aber die Kohlrabi haben Ihnen doch bestimmt gutgetan.« Die Kohlrabi standen noch kalt in einem Topf auf dem Herd in Nells Küche. Nell hatte sie nicht angerührt, doch sie nickte und gab der Alten die sauber gespülte Dose.
»Ich hatte keine andere Karte«, sagte Grete Ranke, »und es war auch eilig, wo Ihnen das Klavier heute abgeholt worden ist.«
»Das hat ziemlichen Lärm gemacht«, sagte Nell.
»Und erst mal in Ihrem Herzen«, sagte die Alte. Nell sah sie überrascht an. Sie hatte geglaubt, daß sich keiner im Haus um Josh scherte, obwohl sie es sicher

alle wußten. Sein Bild war in den Zeitungen gewesen. Das aus dem Schaukasten der Bar. »Gucken Sie mich ruhig an«, sagte Grete Ranke, »ich bin 'ne alte Schachtel, aber noch ganz klar im Kopf.«

Nell hielt den Blick, obwohl sie verlegen war. Die Alte gefiel ihr, und dennoch wollte sie nichts lieber als aus dem dämmrigen kleinen Flur kommen und in die eigene Wohnung flüchten. Sie ging einen Schritt zur Tür, die noch einen Spalt offenstand. »Daß man die anderen richtig wahrnimmt, das fängt erst an, wenn man älter wird«, sagte Grete Ranke. Sie lächelte Nell an. »Oder wenn man was Schlimmes erlebt hat«, fügte sie hinzu. Nell wandte sich von der Tür ab und ging einen Schritt auf die Alte zu, hatte auf einmal das Verlangen, ihr zu erzählen, was gewesen war, als sie in jener Nacht in die Bar gekommen war. Sie zögerte und tat es doch nicht. Gab der alten Frau nur die Hand, um dann in ihre Wohnung hinüberzugehen.

Zwanzig Minuten hatte Nell gebraucht, um in die Blue Bar zu kommen. Kurz nach zwei Uhr kam sie an, da hatte Josh noch auf dem Boden gelegen. Das graue Hemd, das er nachmittags gebügelt hatte, schimmerte schwarz und naß, doch sonst sah er nicht aus, als sei er eben in einer Schießerei gestorben. Neben der Klavierbank hatte er gelegen, mit weiten Armen, als schliefe er entspannt, nur daß er nie auf dem Rücken liegend geschlafen hatte. Die Haare lockten sich auf seinen Schultern, und einen Augenblick lang dachte Nell, er lache ihr zu, doch es war eine seiner dunklen Haarsträhnen, die er im Mund hielt, als habe er sich daran festgebissen. Nell hatte sich neben ihn auf den Boden gesetzt und da erst das Blut der anderen gesehen, die schon abtransportiert worden waren. Jemand hatte an Nells Arm gezerrrt, versucht, sie hochzuziehen, doch sie war neben Josh sitzen geblieben, so lange, bis der Sarg gekommen war.

Nell saß auf der Fensterbank und aß die kalten Kohlrabi aus dem Topf und trank warmen Gin, in dem zuwenig Orangennektar war. Sie fing an zu verkommen. Wie viele von diesen Tagen durfte sie sich leisten, bis sie nicht mehr aus dem Loch fand, das sie da grub. Trinkerin in Barmbek. Vor einem Jahr hier angekommen, um endlich mit dem Leben anzufangen. Seit sechzehn Tagen damit beschäftigt, es irgendwie zu beenden. Sie drückte ihre Stirn an die Fensterscheibe und guckte auf die Humboldtstraße hinunter. Ein Junge ging in den Bunker, den es noch immer zwischen den Häusern gab. Naturbelassen. Vor dem Haus gegenüber stand ein Mann und sah hoch. Hielt seine Hand über die Augen und schien den Himmel abzusuchen. Eine Frau mit Einkaufskarre zog an ihm vorbei und hob nicht mal den Kopf. Nell betrachtete die Straße unter sich, als versuche sie, lesen zu lernen. Die Alte hatte recht. Nell hatte keinen hier richtig wahrgenommen. Jeder Blues-titel berührte mehr in ihr als das Leben, das sich vor ihren Augen abspielte. Nicht ganz deine Gegend, hatte Josh gesagt, als er sie herholte. Sollte sie aufge-ben? Wieder Helene werden? Zu ihren Eltern gehen, um sich deren Sinnsuche auf einer Finca anzu-schließen? War Mallorca ihre Gegend?

Topf und Glas in die Küche tragen. Wenigstens in den kleinen Dingen Ordnung halten. Nell stellte alles in die Spüle. Ging dann ins Zimmer nebenan und holte die Schallplatten unter dem Bett hervor. Ein paar CDs fand sie noch in dem großen Karton, das Gerät dazu war seit heute nicht mehr da. Sie kramte herum, um schließlich eine Platte zum Dual zu tragen und aufzulegen. Billie Holidays Stimme setzte ein. They Can't Take That Away From Me. Sie drehte lauter und kehrte zu den Fenstern zurück. Josh hätte sie jetzt beide geöffnet. Ein Wunder, daß sich nie jemand beschwert hatte. Wahrscheinlich war sie nicht die einzige, die leicht betäubt lebte. You Go To My Head, sang Billie Holiday, und Nell wehrte sich gegen den Gedanken, noch den Rest Gin zu brauchen, um über die Nacht zu kommen, die da draußen einsetzte. Klar im Kopf sein. Klar wie Grete Ranke. Nell hatte das Gefühl, daß die Alte ihr auf die Finger gucken würde. Sie fühlte sich fast geborgen dabei.

Eine klasse Leistung«, sagte der Junge in der Bomberjacke. Nell sah seinen Blick in ihren Korb und schwankte zwischen Zorn und Verlegenheit. Sie hätte ein Tuch über die Gin-Flaschen legen sollen, statt sie vor aller Augen zum Altglas zu tragen.

»Ich trink lieber Zaranoff«, sagte er. »Wodka.«

Nell drückte ihre Schultern durch und kriegte einen langen Hals. Gleich würde sie aussehen wie eine arrogante Gans. Sollte er doch endlich von der Treppe gehen und sie vorbeilassen. Sie war sich nicht sicher, ob sie ihn hier schon gesehen hatte.

»Gibt es bei Aldi«, sagte er, »Ecke Beethoven.«

»Danke«, sagte Nell.

»Nicht so einfach, mit Ihnen ins Gespräch zu kommen.«

Nell sah ihn genauer an. Seine blasse Hübschheit hatte sie getäuscht. Er war kein Junge mehr, eher in ihrem Alter.

»Hätte ich nicht elf leere Gin-Flaschen im Korb, dann wäre ich längst nicht so verbindlich«, sagte Nell.

Er grinste. »Sie wirken gar nicht so betrunken«, sagte er.

Sie hatte ihn unterschätzt. Was sollte das sein? Ein Aufriß? Als Josh da war, hatte keiner Small talk auf der Treppe gewollt.

»Wohnen Sie hier?« fragte Nell.

»Gut informiert sind Sie ja nicht gerade.«

Nell nahm es als Schlußwort und schob sich an ihm vorbei, um die letzten Stufen zum Erdgeschoß hinunterzugehen.

»Nicht gleich beleidigt sein«, sagte er, »ich gehe Omi besuchen.«

Nell sagte nichts dazu und ging zur Haustür vor. Doch als sie ihn hinaufgehen hörte, blieb sie stehen und zählte die Treppen mit. Vierter Stock. Dann hörte sie Grete Rankes schrille Klingel.

Er hatte den Schmerz unterschätzt, den ihm seine Verflossene noch immer bereiten konnte. Ihn aus der Wohnung schmeißen zu lassen, für die er ihr Geld besorgt hatte. Große Ideen hatte er im Kopf gehabt. Mit einziehen. Endlich raus aus der kleinen Bude. Ihr neuer Kerl hatte doch keine Klasse. Den Blouson aus billigem Leder, den er da trug, konnte er nur auf dem Dom geschossen haben. Aber einen harten Griff hatte der Kerl. Wer weiß, aus welcher Unterwelt der hochgestiegen kam, um sich in so einer feinen Wohnung festzusetzen. Immerhin auf der besseren Seite der Heinrich-Hertz-Straße. Kein Barmbek, schon Uhlenhorst. Dahin hätte die Freundin vom Klavierspieler gehört. Nicht in dieses abgeschabte Haus. Die Wohnungen kannte er zur Genüge. Hinten alles dunkel. Bester Blick in die Brennesseln. Zur Herderstraße hin hatten sie ja schon Häuser renoviert, und hinter der Beethoven wurden auch gerade ein paar Eimer weiße Farbe verstrichen. Vielleicht würde die ganze Gegend noch eine gute Adresse werden. Er war gespannt, wie lange es diese Helene hier noch aushalten würde. Das wäre ein Trost, wenn sie ein Glas trinken ginge mit ihm. Ins Louisiana. Das hatten die Weiber doch gerne, Drinks in aufgemotzten Gläsern. Wenn nur ein Rankommen wäre. Er mußte aufpassen, daß er sich nicht zu sehr festlegte auf sie. Schmerzen waren ihm in der Hinsicht weiß Gott genügend beigebracht worden.

Kinder hab ich nie gekriegt«, sagte Grete Ranke, »hat einfach nicht geklappt. Aber die Bude ist trotzdem voll. Jedes Alter. Bei mir ist immer Ball der einsamen Herzen.«
»Ich hab ihn für Ihren Enkel gehalten«, sagte Nell.
»Der Steve. Sagt immer Omi. Das ist für ihn Geborgenheit.«
»Warum heißt er Steve?«
»Ihr Schatz hatte doch auch so einen ausländischen Namen.«
»Sein Vater war Engländer«, sagte Nell.
»Dazu braucht man keinen Engländer mehr, um das Kind Steve zu nennen«, sagte Grete Ranke.
Nell stellte den Henkeltopf aus brauner Keramik ab, in dem die Alte ihr den Kaffee serviert hatte, und guckte sich in der kleinen Küche um, die noch dunkler war

als ihre. Ein Steingutbecken. Alte Kacheln, von denen einige mit einem Delfter Muster beklebt worden waren. Hier mußte ewig nicht renoviert worden sein.

»August 39 bin ich eingezogen«, sagte Grete Ranke, »gerade pünktlich zum Krieg. Stehengeblieben ist das Haus ja. In der Schumannstraße, wo ich früher wohnte, da war alles platt. Ist 'ne richtige Zerstört-1943-Straße geworden. Nur neue Backsteine mit Gedenktafeln in der Mauer. Jetzt schlagen sie sich anderswo mit dem Krieg herum, die armen Schweine.«

»Ziemlich luxuriös, über ein Einzelschicksal nachzudenken, nicht wahr?« sagte Nell.

»Das war aber 'n gehobener Satz«, sagte die Alte. »Meinen Sie sich, Kind? Weinen Sie nur über Ihren Schatz, und wenn Sie genug geweint haben, fangen Sie sich einen neuen ein.«

»Ich bleibe erst mal hier«, sagte Nell.

»Jetzt, wo Sie ein paar Kratzer haben, passen Sie auch ganz gut her«, sagte Grete Ranke. »Kommen Sie mal zu unserem Ball.«

»Ich werde es mir überlegen«, sagte Nell.

»Der Steve«, sagte die Alte, »immer wenn er die dicke Lederjacke anzieht, hat er was Wichtiges vor.«

»Und was war es?« fragte Nell.

»Hat er nicht gesagt. Quatscht nur dauernd vom großen Geld. Wenn er mir nur nichts mit den Drogen anfängt.« Die Alte sah Nell aufmerksam an. »Daran ist doch Ihr Schatz gestorben.«

»Josh hatte mit Drogen nichts zu tun«, sagte Nell und klang gereizt. »Er hat in einer Bar gespielt, in der zwei Kolumbianer herumgeschossen haben. Er war ein zufälliges Opfer. Er hat nicht mal gekokst, wenn die anderen es taten.«

»Ich sag ja, daß die Drogen zu nichts Gutem führen«, sagte die Alte und legte ihre Hand auf Nells Arm.

»Josh war Komponist«, sagte Nell. »Das in der Bar war nur ein Job. Er hat fest daran geglaubt, eines Tages den Durchbruch zu schaffen.« Sie guckte konzentriert auf eine Delfter Mühle, um nicht das Heulen anzufangen.

»An den glaubt die ganze Gesellschaft hier«, sagte Grete Ranke, »nur ich nicht. Ich glaub an keinen Durchbruch mehr. Aber der Junge, der tut das. Alfred auch. Und Mona.«

»Sind das Ihre einsamen Herzen?« fragte Nell.

»Die drei jungen. Die dürfen noch glauben. Und Sie auch.«

»Ich bin eine abgebrochene Studentin«, sagte Nell.

»Na, da wird aber schwer von zu leben sein.«

Nell stand auf und schob den Stuhl an den großen Tisch, der die Küche einnahm. »Ich hab eine kleine Reserve«, sagte sie.

»Mona und ich freuen uns, wenn noch 'ne Frau zu uns kommt. Morgen treffen wir uns wieder. Acht Uhr.«

Nell nickte und ging zum Flur vor. Sie blieb stehen, um die Alte nachkommen zu lassen, und stand vor dem gerahmten Foto eines älteren Mannes, der ein Sektglas hielt.

»Das ist Kurt«, sagte Grete Ranke, »der kommt auch.«

Nell verabschiedete sich und war sicher, nicht dabeizusein.

Er war am Louisiana vorbeigegangen, um einen Blick auf die Damenwelt zu werfen, und hatte vorn eine Blonde sitzen sehen, deren langes Haar einen ähnlichen Schimmer hatte wie Helenes. Er ging darauf zu und wollte nach einem freien Platz fragen, als sie gerade wieder anfing, an dem Halm in ihrem Glas zu saugen und einen pinkfarbenen Fettrand darauf zu hinterlassen. Bemalt bis zum Gehtnichtmehr. So wie seine Verflossene neuerdings. Wenn die mal nicht einen Berufswechsel vorgenommen hatte. Was Liegendes vielleicht. Er war schon bereit, auch die Blonde hier für eine Nutte zu halten. Nutten. Überall sah er Nutten. Nur diese Helene war anders. Er hatte wirklich ein Talent, sich aus heiterem Himmel zu verknallen. Man hoffte ja weiter, trotz aller Erfahrung. Also bloß weg hier und sich nicht seine Gefühle durch irgendeine Dame verwässern lassen. Lieber zu Karstadt, ein paar Klamotten kaufen. Tat auch der Seele gut. Und dann sollte er wieder mal an Arbeit denken. Wenn er an Helene heranwollte, dann mußte er was zu bieten haben. In jeder Hinsicht. Körper, Geist und Kohle.

Kommt gar keine Klaviermusik mehr von Ihnen«, sagte Kurt und fing sich einen strafenden Blick von der Alten ein.

»Aber Sie selbst haben doch auch gespielt.« Er hörte sich sehr verlegen an. »Die klassischen Stücke meine ich.«

»Kurt hat eine elektrische Orgel und kann die klassischen von den anderen unterscheiden«, sagte Grete Ranke spitz.

»Ab und zu habe ich Bach gespielt«, sagte Nell, »aber das Klavier ist nicht mehr da.« Sie betrachtete den Mann, an dessen Arm Grete Ranke hing. Er hatte keine große Ähnlichkeit mit dem Sekttrinker auf dem Foto im Flur. Den hatte sie für einen Mann in den Sechzigern gehalten, doch Kurt im kühlen Licht des Supermarkts sah überraschend jugendlich aus. Nell wunderte sich, was er von ihren Französischen Suiten wußte.

»Wir sind extra zu Sky gegangen, weil Aldi keinen Gin hat, und den trinken Sie doch so gern«, sagte Grete Ranke.

Nell fing an, sich unbehaglich zu fühlen. Gab es Details aus ihrem Leben, die in Barmbek noch nicht bekannt waren? Der hübsche Steve hatte den Mund wohl nicht halten können über ihr Leergut. »Ich habe gerade damit aufgehört«, sagte Nell.

»Heute abend machen Sie eine Ausnahme«, sagte Kurt.

»Das muß sie selber wissen«, sagte die Alte, »wir wollen keinen zum Trinken verführen. Ich kenne schon genug Säufer.«

»Ich glaube nicht, daß ich kommen kann«, sagte Nell.

»Ist doch viel besser für Sie, 'ne volle Bude«, sagte Kurt.

Nell sah ihn irritiert an. Kurts Sprache glitt schnell ab.

»Ich klingel noch mal bei Ihnen, Kind«, sagte Grete Ranke und drängte Kurt zur Fleischtheke. »Heute gibt's warm«, rief sie und reihte sich in die Schlange ein.

Nell eilte mit ihren zwei Milchtüten davon und drehte sich noch einmal um, ehe sie in den Seitengang bog. Kurt stand am Ende der Schlange und schaute ihr nach. Er hatte was Distinguiertes, zumindest aus der Entfernung, aber geheuer war Kurt ihr nicht. Nell steuerte die Kasse an und griff noch nach einer Flasche Löwenkopf. Es ging ihr nur darum, den Gin im Haus zu haben. Damit sie nicht noch auf den Gedanken kam, in die volle Bude zu gehen vor lauter Durst und Einsamkeit.

Nell wachte auf und hörte Stimmen vor ihrer Tür und sah, daß es draußen noch stockdunkel war. Gestern abend gegen halb acht hatte sie die Moradorm aus Joshs Nachttisch genommen und gedacht, mit drei Tabletten und dem Glas Gin gut in den nächsten Tag hineinzukommen, ganz egal, welche Geräusche von drüben kamen. Vielleicht war sie schon so vergiftet von der Trinkerei, daß nichts mehr wirkte bei ihr. Nell tastete nach der Uhr und versuchte, die Ziffern zu erkennen. Kein Licht machen. Nachher guckte Kurt noch in ihr Schlüsselloch und hielt die helle Lampe für eine Einladung. Oder Steve. Verfolgungswahn, dachte Nell. Sich verfolgt fühlen ist der Anfang vom Ende.

Sie saß aufrecht im Bett und horchte in die Nacht. Was für ein Huhn sie war. Niemand wollte was von ihr. Grete Rankes Gäste hatten nur lautstark den Heimweg angetreten. Eine lange Party, gleich war es vier. Diese Stunde blieb ihre Schwachstelle. Sie wachte jede Nacht um vier auf. Dann war Josh oft von der Bar nach Hause gekommen. Nell sank in das Kissen zurück und wartete auf die Gedanken, die sich gleich einstellen würden. Das Klopfen ließ sie hochfahren und vergessen, daß sie kein Geräusch machen wollte, das ihr Hiersein verriet. Den halben Abend hatte sie sich bemüht, ihre Abwesenheit vorzutäuschen.

Doch jetzt war der Wecker heruntergefallen, der noch auf ihrer Decke gelegen hatte. Durchatmen und dann tun, als läge sie im Tiefschlaf. Wahrscheinlich war es nur die Alte, die sich sorgte.

Ein Scharren, als begehre ein Hund Einlaß. Das konnte nicht die Alte sein. Oder stellte sie ihr wieder

Essen vor die Tür? Die Reste von der Party. Nell glaubte, ein Knacken im Schlüsselloch zu hören, und griff nach dem Kissen, um es sich vor die Brust zu halten. Josh wäre längst aus dem Bett gesprungen und hätte die Tür aufgerissen. Das hier nicht mit sich geschehen lassen. Josh ließ sich nur erschießen. Von hergelaufenen Kriegern, denen er im Wege saß an seinem verdammten Klavier.

Die Dämmerung hatte eingesetzt, das Zimmer löste sich aus der Dunkelheit. Wie lange saß sie schon hier und starrte in den Flur? Nell lehnte sich vor und hob die Uhr vom Boden auf. Nur eine Viertelstunde, die vergangen war. Im Treppenhaus war es still. Keiner mehr, der versuchte einzudringen. Sie sah sich im heller werdenden Zimmer um. War es Einbildung gewesen?

Sie mußte mit Grete Ranke sprechen. Gleich am Vormittag. Nell drückte das Kissen zurecht und legte sich hin. Noch einen kleinen Schlaf finden. Jetzt hörte sie nur die Vögel singen.

Wo waren Sie, Kind?« fragte Grete Ranke und zog Nell in den Flur und zur Küche hin. Auf dem Tisch standen noch Gläser und ein großer leerer Aschenbecher. »Alle waren traurig, daß Sie nicht gekommen sind. Geklingelt habe ich auch bei Ihnen. Gegen neun, als Sie so gar keinen Mucks machten.«

Nell konnte sich an kein Klingeln erinnern. Vermutlich hatten die Schlaftabletten es gedämpft. »Ich bin erst spät nach Hause gekommen«, sagte sie und registrierte den ungläubigen Blick der Alten. »Aber um vier habe ich es klopfen gehört.«

»Geklopft hat keiner«, sagte Grete Ranke, »nur Lärm auf der Treppe veranstaltet. Ich habe die Bande aber gleich nach unten gescheucht. Die Tür war ja offen. Hat auch einen Nutzen, daß sie sich nicht mehr schließen läßt, muß ich selber nicht laufen.«

»Die Tür schließt nicht?« fragte Nell.

»Gestern nachmittag hab ich's gesehen. Wird wieder dauern.«

»Wohnt keiner der einsamen Herzen im Haus?«

»Kurt hat mal hier gewohnt. Der war schon überall in Barmbek. Nun trinken Sie erst einmal einen Kaffee und sagen mir die ganze Wahrheit. Ich hab einen aufgesetzt.«

»Steht er Ihnen besonders nahe?« fragte Nell.

»Kurt? Wie kommen Sie denn darauf, Kind?«

»Das Bild im Flur«, sagte Nell.

»Hat er mir geschenkt«, sagte die Alte und wirkte unwirsch.

Nell nahm den Kaffee, der diesmal in einer Tasse mit Goldrand gereicht wurde, auf deren Teller ein Stück Kandis lag.

»Geht Kurt Ihnen auf die Nerven? Oder sind Sie wegen Steve nicht gekommen?«

Nell schüttelte den Kopf. »Ich halte es im Augenblick nicht aus, wenn zu viele da sind«, sagte sie.

»Na, wir waren fünf«, sagte die Alte. »Gert kommt ja nicht mehr. Aber der hat nie viel gesagt vor lauter Storcks Schoko Riesen zwischen den Zähnen.«

Nell nahm einen Schluck Kaffee und zuckte leicht zusammen. Eine heftige Flüssigkeit für die Sammeltasse einer alten Frau.

»Mußte heute stärker sein«, sagte Grete Ranke, »ich liege vor Gravelotte. War doch ziemlich viel Wodka. Alfred hat gar nicht aufgehört mit Nachschenken. Aber Ihren Gin haben wir noch. Den hab ich ganz oben in den Schrank getan.«

»War wirklich keiner an meiner Tür?« fragte Nell.

Die Alte stand auf und stützte sich auf den Tisch. Heute sah sie wirklich aus wie eine Hundertjährige. »Vielleicht träumst du schlecht, Deern«, sagte sie sanft und ging zum Herd, die Kanne zu holen.

»Bei Ihrem nächsten Ball bin ich dabei«, sagte Nell. Sie hatte auf einmal das Gefühl, dann auf der sicheren Seite zu sein.

Nell sah Steve, als sie aus dem Laden des Schlüsseldienstes kam. Er stand vor dem Schaufenster von Simsek und schien in die Auslage versunken. Gitarren. Keyboards. Nell kannte das Angebot. Sie wollte Steve ignorieren, sich nach links wenden, doch sie zögerte einen Augenblick, als sie ihn die

langen Haare zurückstreichen sah, die ihm gleich
wieder ins Gesicht fielen.

Der blasse Steve sah so ganz anders aus als Josh mit
seinen dunklen Locken, und doch erinnerte er Nell
an Josh. Sie senkte den Kopf, um nicht noch einen
Blickkontakt herbeizugucken. War sie so bedürftig,
daß sie sich von einer Gestalt wie Steve angezogen
fühlte? Ähnlichkeiten beschwor?

Nell wandte sich nach links und ging über den Winterhuder Weg. Am besten in die Bank hinein. Sich
ihren Kontoauszügen stellen. Sie hatte keines von
den Sicherheitsschlössern gekauft.

Joshs letzte Gage schmolz schnell genug, die Hunderter, die noch in der Innentasche seines Leinenjacketts steckten, hatte sie zu hüten. Woher danach
das Geld kommen würde, war eine der offenen Fragen, die sie verdrängte.

Nell hörte dem Kreischen des Druckers zu, als Steve
die Bank betrat, die Hände tief in den Taschen der
Bomberjacke. Was mochte er Wichtiges vorhaben?
Einen Trommelrevolver ziehen und »Geld her« rufen?
Er stellte sich brav in die Reihe vor dem Schalter. Sah
er sie wirklich nicht? Nell zog die Auszüge aus dem
Drucker und ging zur Tür. Lieber das Weite suchen.
Sonst würde Steve sie noch nach Hause begleiten.

Er hatte sich vor das Haus gestellt, um nach
einem Licht in ihrer Wohnung zu suchen. Doch die

Fenster waren dunkel geblieben. Helene entzog sich ihm. Die herrliche Stimmung des Nachmittags war weg gewesen, die er gehabt hatte, als er sich in den neuen Hosen sah, die ihm eng am Körper saßen, und er anfing, sich einzubilden, daß Helene genau darauf stand und ihm ganz von selber zufliegen würde. Er blieb eben einer, der immer den kürzeren zog. Spät in der Nacht war er dann noch mal nach oben geschlichen, um an Helenes Tür zu horchen.

Hatte er nicht sogar daran gekratzt, wild wie er in dieser Nacht im Kopf gewesen war? Was hatte er nur geglaubt? Daß sie ihm im Morgengrauen öffnen würde? Ihn freudig einließ?

Gegen halb fünf hatte er dann aufgegeben. War gegangen. Ach was. Gerannt war er. Immer die Heinrich-Hertz hoch. An seiner Verflossenen vorbei, bei der auch alles dunkel gewesen war. Er konnte sich gar nicht mehr erinnern, wie er am Morgen nach Hause gekommen war. Ganz hell war es gewesen, und die neue Hose, die hatte er sich zerrissen gehabt.

»Steve versucht doch immer nur, die Beatles im Kaiserkeller nachzustellen«, sagte die Alte.

»Sie kennen sich gut aus«, sagte Nell.

»Da war ich mit Kurt«, sagte Grete Ranke, »der war 1960 gerade im richtigen Alter. Zweiundzwanzig. Und ich zwanzig Jahre älter. Ein dolles Paar waren wir. Mit 'nem bißchen Preludin im Blut war ich nicht mehr zu halten. Wie 'ne ganz Junge.«

»Und Kurt war Ihr Liebhaber?«

»Kann man sagen«, sagte die Alte.

»Ist Steve denn Musiker?« fragte Nell.

»Er hat 'ne Lehre bei Karstadt abgebrochen. Als Dekorateur. Aber Musik macht er auch. Und ab und zu hat er Geld.«

»Woher weiß er denn, wie es im Kaiserkeller war?« fragte Nell.

»Na, Kurt dröhnt ihm doch die Ohren voll. War seine große Zeit. Da freut er sich, Zuhörer zu haben.«

Nell sah die Alte an und versuchte sich vorzustellen, wie sie gewesen war. Der zierliche Körper in keiner losen Strickjacke, sondern in einem engen Pullover. Das herzförmige Gesicht sicher geschminkt. Die Haare?

»Schwarze Haare hatte ich«, sagte die Alte, als könne sie Gedanken lesen, aber sie hatte nur Nells Blick gesehen. »Schwarz wie die Sünde.« Sie lachte. »Sie sollten das Leben wieder anfassen, Kind«, sagte sie, »wie alt sind Sie denn?«

»Sechsundzwanzig«, sagte Nell.

»Da sind Sie noch jünger als Steve«, sagte Grete Ranke. »Dann fang ich mal an, Helene zu sagen. Alt wie ich bin, darf ich das.«

»Ich habe aufgehört, Helene zu sein. Sagen Sie lieber Nell.«

»Hat Ihr Schatz Sie so genannt?«

»Im Englischen ist das ganz geläufig für Helene.«

»Ach ja, der Engländer.«

»Wie im Kaiserkeller«, sagte Nell.

Die Alte lachte. »Die Zeiten vergehen und die Menschen mit ihnen«, sagte sie und ging zum Küchenfenster, um ein Bierglas aus den Gardinen zu holen.

»Alfred«, sagte sie. »Das hat sicher er dahin gestellt. Der war auch ganz traurig, daß Sie gestern nicht dagewesen sind. Steve hat ihm ihr Lied gesungen, ich glaube, der Junge hat sich in Sie verguckt.«

Nell versteifte sich. »Ich muß jetzt gehen«, sagte sie.

»Ist schon gut«, sagte Grete Ranke, »es muß ja nicht sein.«

Alfred fiel der Alten fast in die Arme, als sie die Tür öffnete, um Nell gehen zu lassen. Die vier Treppen hatten ihn außer Atem gebracht, er mußte gerade oben angekommen sein. Er hielt einen Veilchentopf in der Hand, den er gleich an die Alte weitergab, dann erst sah er Nell, die hinter Grete Ranke stand.

»Wer das ist, kannst du dir sicher denken«, sagte die Alte.

»Helene«, sagte er.

»Nu heißt sie Nell. Du wolltest ja auch mal 'ne Weile Freddie genannt werden. Und warum kriege ich ein Usambara?«

»Alpenveilchen hatten sie keine«, sagte Alfred, »ich weiß, daß du die lieber hast.«

»Aha«, sagte Grete Ranke, »und warum überhaupt?«

»Ich hab 'n bißchen viel geladen gehabt letzte Nacht.«

»Besoffen waren wir alle. Aber deine Gläser mußt du mir nicht immer in der ganzen Bude verstecken. Ich find sie jetzt noch.«

Nell stand in ihrer sicheren Position in der hinteren Reihe und sah in Ruhe den verlegenen Alfred an. Er gehörte wohl auch zu denen, die von der Alten gewickelt worden waren, so wie sie mit ihm sprach. Das Gesicht eines Seehundes hatte er. Dunkle Knopfaugen. Einen dicken Schnauzer.

»Tritt mal einen Schritt zurück, daß die Kleine rauskann«, sagte Grete Ranke, »die war nämlich gerade am Gehen.«

Alfred trat zurück und ließ Nell vorbei, die jetzt genauso verlegen war. Die Alte hatte wirklich ihre Talente.

»Ich hoffe, wir sehen uns noch mal«, sagte Alfred.

»Sie hat mir schon für das nächste Mal zugesagt«, sagte Grete Ranke, »muß ja diesmal nicht erst in acht Tagen sein.«

Von der Leiche in Uhlenhorst hörte Nell zum ersten Mal am anderen Morgen. Die Tote war tags zuvor gefunden worden, auf dem Baugelände für das Altenwohnheim, das zwischen der Averhoffstraße und der Heinrich-Hertz entstand. Nell wartete an der Bushaltestelle und hätte dem Gespräch der beiden Frauen, die hier neben ihr standen, kaum

zugehört, wäre ihr nicht die vorletzte Nacht einge-
fallen und die eigene Angst. Nur ein paar Straßen
weiter war eine Frau getötet worden, zur gleichen
Zeit vielleicht, in der Nell mit klopfendem Herzen
im Bett gesessen hatte, doch für die andere war der
Alptraum wahr geworden.

Nell sah den Bus kommen und stieg ein, um zur Gertigstraße zu fahren. Der Zettel des Schwarzweiß-
Labors hatte in Joshs Jackett gesteckt, wie seine
Gage. Sie wußte seit zwei Wochen, daß Bilder auf sie
warteten, und hatte gezögert, sie zu holen. Doch
heute wollte sie auch das hinter sich bringen.

Sie setzte sich einem Zeitungsleser gegenüber und
suchte auf der Seite, die ihr vor Augen war, vergeb-
lich nach einer Zeile über den Mord. Noch nicht lange her, daß sie die Menschen verabscheut hatte, die
sich an Joshs Tod festlasen, doch Nell war es auf einmal wichtig, von dieser Tat auf dem Baugelände zu
wissen, als habe sie mit ihr zu tun.

Als Nell den Bus verließ und zur Gertigstraße
zurückging, besetzten nur noch die Bilder ihren
Kopf, Bilder, die an ihrem letzten Sonntag gemacht
worden waren. An Sonntagen blieb die Blue Bar
geschlossen. Ihre langen Nächte waren das gewesen,
die einzigen. Sie kam an einem Kiosk vorbei und
nahm sich vor, die Zeitung später zu kaufen. Wenn
ihr Kopf wieder frei war und sie wußte, was Josh
hatte vergrößern lassen.

Grete Ranke legte die Zeitung zusammen und stellte dann erst die Schüssel mit der roten Bete auf den Tisch.

»Woll'n wir mal Frau Bremes Abendblatt nicht fleckig machen«, sagte sie. »Das legen wir ihr gleich wieder fein vor die Tür. Da merkt sie gar nichts, wenn sie vom Kinderhüten kommt.«

Nell hielt noch die Bäckertüte in der Hand, die halb unter ihrer Fußmatte gelegen hatte. Rüberkommen, was Gesundes essen, stand dort mit rotem Filzstift geschrieben. Nell war gleich zu der Alten gegangen, weniger des Essens wegen, eher in der Erwartung, von dem Mord zu hören.

Grete Ranke schnitt eine Scheibe Brot von einem Laib und strich dick Butter drauf. »Gegen fünf Uhr morgens«, sagte sie, »da war unsere Gesellschaft ja schon zu Hause. Sonst hätte es nachher noch Mona erwischt.«

»Weiß man denn, wer die Tote ist?« fragte Nell.

»Wohl eine der kleinen Nutten aus der Gegend«, sagte die Alte, »eigentlich laufen die gar nicht draußen rum, vielleicht wollte sie ja nur frische Luft schnappen gehen.«

Nell biß in das Brot.

»Rote Bete, Kind«, sagte Grete Ranke, »das gibt Blut.«

Sie schob Nell einen Teller und eine Gabel hin.

»Vergewaltigt hat er sie nicht, aber ihr fest genug auf den Hals gedrückt. Werden die sich wohl bei den Freiern umgucken.«

»Wo wohnt Mona denn?« fragte Nell.

»Jetzt wohnt sie Barmbeker Straße. Gutes Stück von hier. Aber die verdient ihr Geld anders. Tanzt irgendwo hinten bei Cats mit. Alle haben hier 'nen Fimmel mit der Kunst.«

»Alfred auch?« fragte Nell.

»Der bastelt Werbeblättchen. Früher hat er keinen Wettbewerb ausgelassen. Zur Gitarre gesungen. So 'n wildes Zeug. Jetzt will er wohl nicht mehr entdeckt werden, wo er vierzig ist.«

Nell lächelte. Josh hatte ihr damals die Gegend hier als ein kommendes Quartier für Künstler verkauft, ohne zu wissen, wie nah er einer ganz anderen Wahrheit war.

»Gefällt er Ihnen denn, Kind?«

»Ich komme nur noch, wenn Sie mich nicht länger verkuppeln wollen«, sagte Nell.

»Tu ich nicht«, sagte die Alte, »jeder soll seine Trauerzeit haben.«

Er sah das Gesicht mit den schwarz geschminkten Augen und erinnerte sich. Kobern hatte sie ihn wollen. Um diese Uhrzeit immer noch aufs Geschäft aus. Daß sie so jung gewesen war, hätte er nicht gedacht, irgendwie hatte sie alt ausgesehen unter ihrer Schminke. Scheiße, das Ganze. Er zerknüllte die Zeitung und schmiß sie in den Eingang eines Kellers, in dem ohnehin schon Schutt lag. Vom Baugelände auf der anderen Seite der Heinrich-Hertz drangen die gewohnten Geräusche, bis sie im Lärm der herankommenden Autos untergingen. Keine Stille mehr. Dröhnen in seinem Kopf, das er kaum betäuben konnte.

Das Gesicht war wieder da. Ihre schwarz geschminkten Augen. Auch ohne die Zeitung vor sich zu haben. Aber alles andere? Sollte er eins und eins zusammenzählen und seine Rübe hinhalten, ohne zu wissen, was Sache war? Er hatte es doch gut vorgehabt. Sinn ins Leben kriegen. Körper, Geist und Kohle. Seit er Kind war, hatte er versucht, sich aus dem Sumpf zu ziehen, und immer kam eine, die ihn wieder reinzog. Wie die Schwarzäugige. Er ging die Humboldtstraße hoch, um nach Hause zu gehen, und als er an ihren Fenstern vorüberging, hoffte er eine Sekunde lang, sie weit offen zu sehen und den Schmalz vom Klavierspieler zu hören. Gäbe es den noch, hätte er es nicht gewagt, sich in die Schöne da oben zu vergucken.

Und auch noch zu denken, daß er sie kriegen könnte. Und zu ahnen, daß das ausnahmsweise mal Liebe war.

Nell nahm noch einen der feinen Nägel von der Fensterbank, um auch die letzte der acht Aufnahmen an die Wand zu stecken.

Ein Foto, von Nell aufgenommen, Josh am Klavier. Er hatte sich zu ihr umgedreht und die Augenbrauen hochgezogen. Gespielte Überraschung. Nur die alten Jeans trug er. Ein Streifen Sonne lag ihm auf der nackten Schulter. Sonntag.

Stünde das Klavier noch an seinem Platz, dann wäre es jetzt eingerahmt von den Fotografien. Zwei zeigten Josh und Nell, wie sie gespannt in die Kamera sahen, die sich selbst auslösen sollte. Auf den anderen war nur Nell. Große Abzüge hatte Josh ziehen lassen. Achtzehn mal vierundzwanzig. Ein Hunderter war draufgegangen, damit sie hier saß und auf die festgehaltenen Augenblicke des Glücks guckte und sich weh tat dabei.

Nell ging zum Dual und suchte eine Platte hervor, um noch mehr Schmerz zu spüren. Hörte der Querflöte zu, die eingesetzt hatte, und dann der Stimme Chet Bakers. There Is A Somebody I'm Longing to See. Sie ging zu den Fenstern und öffnete sie weit. Sah auf die Straße, die ihr soviel vertrauter geworden war, und dachte an Josh und die tote Frau vom Baugelände und hatte keine Ahnung, warum ihr auch Steve einfiel.

Die Klingel der Alten schrillte durch das Trompetensolo von Sweet Lorraine und hatte noch nicht aufgehört, als Nell die Tür zum Treppenhaus öffnete. Die schwarzhaarige Frau, die drüben stand, drehte sich um. »Klemmt«, sagte sie, »die Klingel klemmt, und eigentlich müßten schon die Toten auferstanden sein.«

»Vielleicht ist Frau Ranke einkaufen gegangen«, sagte Nell.

»Um acht Uhr abends?» fragte die Schwarzhaarige. »Grete geht dann doch sonst nicht aus dem Haus.«

»Ich habe sie am Nachmittag gesehen«, sagte Nell.

»Sie sind Helene.«

Nell nickte und ahnte, daß diese Frau die Tänzerin war. Mona. Sie war älter, als sie angenommen hatte.

»Haben Sie einen Hammer?« fragte Mona.

Nell ging ins Zimmer zurück und holte den Hammer, der noch auf der Fensterbank neben den feinen Nägeln lag, und gab ihn Mona, die ihn nahm, um auf die Klingel zu hauen. Es war still.

»Grete wird einen Elektriker holen müssen«, sagte Mona und sah aus, als wolle sie am liebsten die Tür eintreten.

»Kommen Sie rein«, sagte Nell. »Wir schreiben ihr einen Zettel, und Sie warten bei mir.«

»Ich hab ein dummes Gefühl«, sagte Mona, »vielleicht bin ich auch nur mit den Nerven runter.«

Nell hielt die Tür auf, und Mona folgte ihr in das vordere Zimmer. Sie war sorgfältig geschminkt, die Lippen in einem teuren Rot. Aber unter den Augen hatte sie dunkle Ränder.

»Unsere Männer sind verrückt nach Ihnen«, sagte Mona und ging auf die Fotos zu. »Der Mann Ihres Herzens?« fragte sie.

Nell nickte und stellte Chet Baker leiser. Sie hatte das Gefühl, jedes weitere Lied von ihm würde ihre Seelenlage offenbaren.

»Eine halbe Stunde«, sagte Mona, »und dann rufen wir Kurt an. Der hat einen Schlüssel. Haben Sie was zu trinken?«

Nell ging in die Küche, um den Weißwein zu öffnen, den sie am frühen Abend noch bei Aldi gekauft hatte. Mona kam ihr nach.

»Der gute Gavi«, sagte sie und sah gierig aus.

Nell füllte ihr Glas. Die schwarzhaarige Frau trank in großen Schlucken.

»Ich bin Mona«, sagte sie, als sei das eine Erklärung für diesen Durst. Nell schenkte ihr nach und nahm selbst ein Glas und war ganz dankbar, wenigstens den Gin aufgegeben zu haben. Den kleinen Text an die Alte schrieb sie auf ein Kuvert, das leer auf der Anrichte lag, während Mona das Glas ein zweites Mal austrank. »Es ist nicht immer so schlimm«, sagte Mona. »Sie kriegen einen schrecklichen Eindruck von mir.« Sie holte einen goldenen Lippenstift hervor und zog ihre Lippen gekonnt nach.

»Ich bin auch in keiner Hochphase«, sagte Nell. Sie nahm das Kuvert und ging ins Treppenhaus, um es auf die Kokosmatte zu legen, die vor der Tür der Alten lag. Weiter unten stieg jemand die Treppe hoch und schien auf jeder Stufe stehenzubleiben. Nell beugte sich über das Geländer und sah noch nichts, doch sie war sicher, daß es Grete Ranke war, die da mühsam den vierten Stock erklomm. Mona war an die Tür gekommen.

»Grete?« fragte sie.

Sie blieben stehen und warteten und sahen schließlich die Alte um die vorletzte Windung der Treppe kommen. Grete Ranke blickte hoch und winkte ab, wollte wohl keinen weiteren Atem verschwenden, und nahm sich die letzten zwölf Stufen vor. Sie kam an und holte tief Luft.

»Könnt ihr eine alte Frau nicht in Ruhe die Treppe raufkommen lassen«, sagte sie, »ich hab es nicht gern, wenn ihr zuguckt dabei. Was ist das überhaupt für eine Festversammlung hier?«

»Gott sei Dank, daß du da bist«, sagte Mona.

»Hast du mich für tot gehalten?« fragte die Alte.

Mona war verlegen. »Ich hab dir die Klingel zerkloppt. Die hatte geklemmt. Helene hat mir einen Hammer gegeben.«

»Na, so habt ihr euch wenigstens mal kennengelernt.«

»Und wo warst du so spät?« fragte Mona.

Die Alte warf ihr einen langen Blick zu und schüttelte den Kopf.

»Spät«, sagte sie, »jetzt bin ich wohl wirklich reif für die Kiste.« Sie fing an, in ihrer Tasche zu kramen. »Bei dem Jungen war ich«, sagte sie, »den hab ich mir mal vorgeknöpft.«

»Steve?« fragte Mona.

»Steve«, sagte Grete Ranke, die ihren Schlüssel gefunden hatte und die Tür aufschloß. Nell war schon bereit, eine Einladung abzuwehren, doch die Alte forderte sie nicht auf einzutreten. Sie sah nur Mona an, die jetzt noch nervöser wirkte, als sie es schon die ganze Zeit getan hatte.

»Dann bis morgen, Nell«, sagte Grete Ranke, »morgen gibt es Schmorgurken bei mir.« Sie drehte sich um und lächelte. »So leicht geb ich nicht auf, aus euch was zu machen«, sagte sie.

Die Einladung von Steve war eine kleine blaue Karte, in einer Kinderschrift beschrieben. Nell fand sie in ihrem Briefkasten, eine Stunde nach der von Alfred, der ihr ein Stück grauen Kartons an die Tür gesteckt hatte, auf dem eine ganze Collage von Hamburger Attraktionen geklebt war. Nell nahm sich vor, beide Einladungen abzulehnen und die Alte zu bitten, ihr nicht länger einen Tröster aufzudrängen. Sie hatte weder Lust, in ein Lokal zu gehen, noch, den Sonnenuntergang an der Alster zu sehen. Schon gar nicht mit einem der einsamen Herzen. Nell verließ das Haus und sah Kurt kommen und hoffte, daß er ihr erspart bliebe und von der alten Kuppelmutter da oben nicht auch noch angespitzt sei, sie zu einer Tasse Kaffee einzuladen. Doch Kurt strahlte nicht länger den Charme eines Hochstaplers aus, den Nell von der Begegnung im Supermarkt erinnerte.

»Helene«, sagte er in einem Ton, als habe er sie kaum erkannt.

Nell lächelte und ließ ihm die Helene durchgehen. Kurt wirkte abgekämpft heute und wenigstens so alt, wie er war.

»Übermorgen soll Ball bei Grete sein. Außerplanmäßig«, sagte Kurt, und bei diesem letzten Wort klang er energisch, als dulde das keinen Widerspruch.

»Ich weiß noch nicht, ob ich dabeisein werde«, sagte Nell. Es fing an, sie zu ärgern, daß diese ganze Gesellschaft einen Anspruch auf sie erhob. Kurt schien ihre Abwehr erwartet zu haben und fiel gleich wieder in sich zusammen. Nell hatte noch keinen anderen so schnell sich wandeln gesehen.

»Grete klärt das«, sagte er.

Kurt deutete eine Verbeugung an und wandte sich der Haustür zu. Kaum zu glauben, daß er ein wilder Junge gewesen war. Nicht mal seine Lederjacke erinnerte daran. Obwohl keiner ihn für einen Sechzigjährigen halten würde, sah er verkleidet darin aus. Kurt verschwand im Treppenhaus, und Nell hoffte, daß er der Alten die Schmorgurken aufessen würde. Sie hatte nicht vor, sich heute blicken zu lassen. Im Augenblick empfand sie nur noch Widerwillen, vor allem bei der kleinen blauen Karte, die in der Tasche ihres zu großen Leinenjacketts war.

Die Erkenntnis kam morgens um fünf über ihn. Als hätte es die Todesstunde der kleinen Nutte gebraucht, um sich zu erinnern.

Er wachte auf, und das Herz dröhnte ihm. Er schob das auf den Alkohol, den er sich die halbe Nacht zugeführt hatte. Doch dann war auf einmal dieser andere Morgen im Zimmer. Das graue Licht der Dämmerung, das über dem Gelände da drüben gelegen hatte. Die Frau unter seinen Händen. Warum war sie verdammt noch mal so still gewesen? Hatte sich nicht gewehrt, als sei das nur eine kleine Sadonummer, die er mit ihr machte.

Er wollte aufstehen, sich die Bilder, die ihn quälten, aus dem Kopf duschen. Doch er blieb liegen und starrte an die Decke, guckte den kleinen Klumpen Stuck an, der dort klebte, als hinge etwas ab davon. Da war noch was gewesen, irgendwas, das in ihm verschüttet blieb. Die stille Straße. Die Wohnung seiner Verflossenen in der Nähe. Die Ahnung von Sonne über dem Winterhuder Weg. Er drehte den Kopf heftig und hätte beinahe die Flasche vom Nachttisch gekippt, voller Angst vor der Erinnerung, die jetzt kam. Vor dem, was da gewesen war.

Er sah es wieder deutlich vor sich. Ein anderer Mensch.

Kommt wohl bald keiner mehr her«, sagte die Alte, »Sie lassen mich den ganzen Tag auf dem

Essen sitzen, Kind, und Mona will nun auch nicht mehr kommen.«

»Kurt war doch da«, sagte Nell.

»Kurt«, sagte Grete Ranke, als zähle er nicht. Sie rührte eisern im Topf. »Wollen Sie nun? Aufgewärmt ist auch gut.«

Nell war bereit, eine Tonne Gurken zu essen. Ihre Laune von gestern tat ihr leid. Sie hätte ihren Widerwillen nicht auf die Alte ausdehnen sollen. Wenn sie überhaupt anfing, aus ihrem tiefen Loch zu kommen, hatte sie es Grete Ranke zu verdanken.

»Warum kommt Mona nicht mehr?« fragte Nell.

»An den Abenden will sie nicht mehr dabeisein. Erzählt was von zu vielen Auftritten. Glaub ich aber nicht, ist eher wieder ein Gezicke zwischen ihr und Alfred.«

»Sind die beiden denn zusammen?« fragte Nell.

»Das waren sie mal«, sagte Grete Ranke, »aber zwischendurch regen die sich immer noch über einander auf.«

»Was ist mit Steve?«

»Was soll denn mit ihm sein?« fragte die Alte, als wolle sie Zeit gewinnen. Sie nahm einen tiefen Teller aus dem Schrank und holte mit einer Kelle große Mengen aus ihrem Topf hervor.

»Vorgestern abend«, sagte Nell, »da waren Sie doch bei ihm, um ihm wegen irgendwas den Kopf zu waschen.«

Die Alte warf ihr einen Blick zu. »Ich darf das Thema ja nicht mehr anfangen«, sagte sie, »aber ich finde, Sie sind ziemlich neugierig auf den Jungen.«

»Er hat mich eingeladen, mit ihm auszugehen.«

»Und?« fragte die Alte und legte ihr eine Gabel zu dem Teller.

»Kommt nicht in Frage«, sagte Nell, »ich will ihn nur nicht kränken, und Alfred auch nicht.«

»Der auch? Ach du liebe Güte.«

»Kommt das denn nicht von Ihnen?«

»Nein«, sagte die Alte, »wirklich nicht. Steve macht mir Sorgen mit seinen Geldgeschichten. Er schwört, er hätte nichts mit Drogen. Hat sich aber so 'n Keyboard hingestellt. Dabei würde Kurt ihn sicher auf der Orgel spielen lassen.«

»Was mache ich nun mit den beiden?« fragte Nell.

»Wird nicht ausbleiben, daß die enttäuscht sind. Ist nichts Neues für sie. Seit sie auf der Welt sind, nicht.«

»Hat denn keiner von ihnen eine Frau?«

Die Alte lachte. »Jede Menge«, sagte sie, »alle drei. Kurt auch. Bräute in ganz Barmbek. Nichts Festes dabei.«

»Und Mona?« fragte Nell.

»Die fängt gerade mal wieder ein neues Leben an«, sagte Grete Ranke. »Ist ja nichts gegen zu sagen, wenn sie weniger trinkt und in aller Herrgottsfrühe um die Alster rennt, dann kriegt sie hoffentlich wieder einen klaren Blick für die Kerle.«

»Ich werde Steve und Alfred sagen, daß wir uns erst mal bei Ihnen näher kennenlernen sollten«, sagte Nell.

»Vielleicht braucht der eine vom anderen gar nichts wissen«, sagte Grete Ranke, »sonst machen die hier 'nen Schaukampf. Soll ich's Ihnen noch mal warm machen, Kind?«

Doch Nell hatte schon angefangen zu essen. Sie wollte keinen weiteren Aufschub für die Schmorgurken.

Sie hatte sich auf sicherem Gebiet gewähnt, weit genug weg von ihren Verehrern, doch als sie von der Dehnhaide in die Hamburger Straße ging, stand Alfred da, als habe er auf Nell gewartet. Er stand mit verschränkten Armen, und sie fand nicht länger, daß er aussähe wie ein Seehund, eher wie einer, der den finsteren Typ gab. Grete Rankes Freunde waren schillernd.

Nell griff nach dem Geld in ihrer Tasche, das sie im Leihhaus gerade gegen die Goldkette einer Großtante getauscht hatte, um sich das gute Gefühl zu geben, die zwei Zimmer in der Humboldtstraße zahlen zu können und auch in nächster Zeit einen Zufluchtsort zu haben. Dann erst trat sie auf Alfred zu.

Sie war anfällig geworden für Ängste jeder Art.

Alfred lockerte die Arme, als Nell näher kam. Sie sah jetzt erst die großen Bögen grauen Kartons, die er sich zwischen die Beine geklemmt hatte. Vielleicht drohten ihr neue Einladungen. »Ich hab Ihnen angst gemacht«, sagte Alfred und überraschte Nell mit dieser Sensibilität. »Die Einladung«, sagte Alfred, »Grete sagt, ich soll die Finger von Ihnen lassen.«

Nell fühlte leichten Groll auf Grete, die es nicht lassen konnte, ihrerseits die Finger drinzuhaben. Den lieben Steve würde sie wohl kaum zurechtweisen.

»Ich hab hier nur so gestanden und Sie kommen sehen«, sagte Alfred, »als ich vom Stempelladen kam.« Er hielt einen Beweis für nötig und holte eine Tüte aus der Tasche seiner Jeansjacke.

Nell guckte kaum hin, sie sah nur, daß Alfreds Hand nicht die ruhigste war. Die einsamen Herzen schienen in keinem guten Zustand zu sein.

»Morgen bei Grete«, sagte Alfred, »da sehen wir uns doch.« Er guckte fast flehentlich aus diesen Knopfaugen, und Nell fand es absurd, Alfred eben noch bedrohlich gefunden zu haben. Die Gewalt, die Josh angetan worden war, hatte alles Vertrauen in ihr verlorengehen lassen. Sie mußte aufpassen, nicht zu einer argwöhnischen Zicke zu werden.

»Da sehen wir uns«, sagte Nell.

Alfred nickte erleichtert. »Ich hab mein Auto drüben stehen«, sagte er, »fährt ausnahmsweise, die Kiste. Wollen Sie mit?«

»Nein«, sagte Nell zu schnell. »Ich laufe lieber.«

Alfred nahm seine Kartonbögen. »Bis morgen dann«, sagte er, schickte sich an zu gehen und blieb doch stehen. »Wegen der Helene«, sagte er, »ich würde lieber Helene sagen.«

»Statt Nell«, sagte Nell.

»Helene ist einfach was anderes«, sagte Alfred.

Nell nickte. Sie mußte nicht länger auf Nell beharren. Die würde ihr schon nicht mehr verlorengehen. »Okay«, sagte sie.

Sie gingen gleichzeitig los. Nell lief stadteinwärts und drehte sich nicht mehr um nach Alfred. Doch als sie an einem Laden mit Stempeln vorbeikam, wunderte sie sich einen Augenblick lang, wie weit der noch weg gewesen war.

Nell hörte die Stimmen im Treppenhaus und öffnete die Tür, um Kurt, Alfred und Steve zu sehen, wie sie die letzte Treppe hochkeuchten und Kartons trugen, aus denen Flaschenhälse lugten. An diesem Abend schien ein noch größeres Besäufnis geplant zu sein als sonst, und die Alte hatte alle eingespannt.

Es war zu spät, die Tür wieder zu schließen. Die drei hatten Nell längst gesehen, trotz der Spedition, die sie da vornahmen. Sie sahen aus, als seien sie überrascht worden davon, daß Nell hier wohnte, doch sie brachten ein Grinsen zustande, auch das kollektiv. Ganz offensichtlich war es jedem der drei lieber, ihr allein zu begegnen. Oder mit der Alten gemeinsam.

Grete Ranke stand nicht vor der Tür, in Erwartung der drei. Kurt setzte den Karton ab und kramte einen Schlüssel vor, um drüben zu öffnen. Sie gingen hinein, und nur Alfred blieb noch stehen. »Grete ist bei Mona«, sagte er, »will sie bequatschen.«

Nell nickte ihm zu und zog sich zurück. Neunzehn Uhr, hatte die Alte gesagt. Der Termin war vorverlegt. Nell ging nach vorn, um die Bilder zu betrachten, an denen sie meist vorbeizusehen versuchte. Josh am Klavier. Mit Nell. An einem Sonntag. Nicht lange her. Und jetzt ging sie zu Grete, als gehöre sie dahin. Als habe sie was zu tun mit Kurt, Alfred, Steve. Noch vier Stunden bis zum Ball. Sie wollte endlich die Erwartungen kappen.

Kommen Sie rein, Kind«, sagte Grete Ranke, »ist noch keiner da. Ich wollte nicht, daß gleich die ganze Horde über Sie herfällt.« Sie führte Nell zu dem Tisch in der Küche, der für fünf gedeckt war. Mona hatte sich also nicht bequatschen lassen.

»Ist Gin noch gut?« fragte die Alte. Nell schüttelte den Kopf.

»Dann gibt's was anderes. Hab die ganze Bude voll Bier und Wein. Weiß gar nicht, was Kurt sich gedacht hat.«

Sie ging nach nebenan und kam mit zwei geschliffenen Gläsern zurück und stellte sie auf den Tisch. »Kurt«, sagte sie, »den kenn ich, seit er geboren ist.

Sein Vater und mein Bruder haben sich von den Nazis die Köppe einhauen lassen. 1932 haben hier alle die Roten gewählt.« Sie bückte sich nach einer der Flaschen, die aufgereiht auf dem Boden standen. »Sind dann beide im Krieg geblieben. Kurts Mutter ist danach 'n bißchen aus der Bahn.«

Nell betrachtete das Etikett des Weines, der vor ihr stand. Was sollte das jetzt werden? Wurde ihr Kurt ans Herz gelegt?

»Alfred«, sagte die Alte, »ein ziemlicher Haufen Freier, der seiner Mutter vor der Tür saß. Da war er oft ganz schön eifersüchtig.«

Sie wühlte in einer Schublade und fand den Korkenzieher. »Und Steve«, fing sie an. Nell wurde unruhig. Sie wollte jetzt nichts von Steve hören. »Soll ich die Flasche öffnen?« fragte sie.

Die Alte hob den Kopf. »Du liebe Güte«, sagte sie, »ich dachte, die Klingel geht wieder.« Sie ging in den Flur, und jetzt hörte auch Nell das Klopfen. Grete hatte wirklich noch gute Ohren.

Die drei Männer kamen herein und die Alte hinter ihnen. »Die ganze Horde«, sagte sie, »konnten es nicht abwarten. Dabei hab ich acht Uhr gesagt.«

Nell sah sie überrascht an. Grete Ranke hatte ihr wohl eine Menge erzählen wollen.

Er hatte versucht, es zu vergessen während der zwei letzten Tage. Sich einreden wollen, daß sie ihn nicht gesehen hatte. Ab und zu gelang es ihm, wenn er sich genügend beschäftigte. Doch dann sah er sie wieder aus dem Morgen kommen, sah ihr Gesicht und glaubte sogar, sich an ihren Blick zu erinnern und daß der von ihm erwidert worden war. Er trank. Über seinen Pegel. Selbst über seinen. Lief zur Alster und ließ sich in den Wind fallen und wäre gern weggetragen worden. Er hatte nicht gelernt, andere Lösungen zu suchen. Ihm fiel nur Vernichtung ein, und so versuchte er, seine Gedanken totzukriegen.

Nell nahm noch eine Perlzwiebel von Gretes kalter Platte und wünschte, der Abend wäre vorbei. Kurt hatte einmal den Arm um ihre Schultern gelegt, und Alfred ließ sie keine Sekunde aus den Augen, doch beides schien kaum geeignet zu sein, um eine grundsätzliche Erklärung abzugeben und alle vor den Kopf zu stoßen. Steve lächelte zu ihr hinüber, und die Schatten unter seinen Augen ließen ihn ganz durchgeistigt aussehen, und sie dachte, daß er zu ertragen wäre, hätte sie im geringsten Lust gehabt, sich auf einen Mann einzulassen. Doch wahrscheinlich beschwor sie in ihrer Trunkenheit nur wieder diese Ähnlichkeit mit Josh, die verlorenging, wenn Steve sprach. Er schwieg die längste Zeit an diesem Abend, dafür redeten Grete und Kurt um so mehr, und doch kamen Nell die

Stunden bleiern vor und das Zimmer still. Sie nahm die Geräusche erst wieder wahr, als sie Alfred schluchzen hörte und die beschwichtigenden Worte der Alten, die ihn sanft schüttelte. »Alfred muß weinen, wenn er betrunken ist«, sagte sie, »das ist eben so.«

»Was hat Mona gesagt?« fragte Steve, und Grete Ranke seufzte und sah ihn mißbilligend an, als fürchte sie, die Frage könnte das Schluchzen noch verstärken. Doch Alfred hatte sich den Wodka gegriffen, der vor Steve stand, und war wieder ruhig.

»Klar Schiff will sie machen«, sagte die Alte.

»Klar Schiff«, sagte Kurt. »Was soll das heißen? An die Gewehre?«

»Ins reine kommen«, sagte Grete Ranke. Steve sah Nell an, und sie dachte an die blaue Karte, die sie beide bislang unerwähnt gelassen hatten, und daß sie schuld sei an dieser ganzen Traurigkeit, die auch ihn ergriffen hatte. Doch Steve zog nur den Wodka wieder zu sich ran, und Nell, die aufstehen wollte, um den Abend endlich hinter sich zu haben, blieb sitzen und hielt Steve ihr Glas hin.

Die Tote dümpelte unter dem Schild Achtung Eiswarnung. Einbruchsgefahr. Der Flieder blühte und beugte sich über den Kanal, und die Sonne schien schon am frühen Morgen warm. Um halb neun war Mona entdeckt worden. Vorher hatte wohl keiner in das träge Wasser geguckt, das vom Feenteich kam und dort oben am Winterhuder Weg endete.

Die Nachricht erreichte Nell am Nachmittag. Sie hörte die Klagelaute der Alten, als sie an ihrer Tür vorbeiging, und klopfte lange, bevor geöffnet wurde. »Mona ist tot«, sagte Grete Ranke und führte Nell in die Küche, die noch immer die Spuren der Trinkerei trug, die letzte Nacht stattgefunden hatte. »Erwürgt wie die Kleine in der Heinrich-Hertz«, sagte sie und setzte sich hin, um die Hände vors Gesicht zu legen.

Nell hatte nur noch ein Gefühl von Unwirklichkeit. Zu viele Tode, die sie angingen, und dieser konnte kein Zufall sein. »Es sind doch alles gute Jungs«, sagte Grete in ihre Hände hinein, und Nell horchte auf. »Weiß Alfred es schon?« fragte sie.

Grete Ranke ließ die Hände sinken und drehte sich zu Nell um.

»Monas Schwester hat ihn angerufen«, sagte sie.

»Sie waren alle hier«, sagte Nell, »die ganze Nacht.«

»Das glaubst du also, Kind«, fragte die Alte, »daß einer von ihnen damit zu tun hat?«

»Nein«, sagte Nell. Sie kannte sich selber nicht mehr aus mit ihren Gedanken. Halb sechs war es heute morgen gewesen, und sie hatte die ganze Zeit mit ihnen ausgehalten.

»Kannten Sie Mona schon, als sie noch ein Kind war?«

Die Alte schüttelte den Kopf. »Alfred hat sie mitgebracht. Da war sie erwachsen«, sagte sie.

»Und Steve?« fragte Nell.

»Der Junge war schon in der Schule, als er hierherkam, aber zart wie 'n Kleinkind. In die Mozart ist seine Mutter mit ihm gezogen. Da lebt er auch immer noch.«

»Mit der Mutter?«

»Die ist tot«, sagte Grete Ranke, »von eigener Hand. Da war der Junge achtzehn. Zehn Jahre ist das jetzt hergewesen, aber Steve geht ja nicht zum Grab.« Sie stand mühsam auf und stützte sich auf den Tisch. »Nur nicht nachlassen jetzt«, sagte sie, »ich koche Kaffee. Und dann müssen sie alle drei her.«

Nell fing an, die Gläser einzusammeln. Sie ging zu dem Steingutbecken, setzte den Gummistöpsel ein, drehte den Hahn auf.

Dann zog sie die Ärmel ihres Sweatshirts hoch. Sie gehörte dazu, und für den Augenblick wollte sie es nicht hinterfragen.

Er setzte sich auf den Stuhl, der vor dem Fenster stand, und ließ seinen Körper von der einen Seite zur anderen schaukeln. Wie er es als kleines Kind getan hatte, wenn er hoffte auf den Schoß genommen zu werden. Hoppe Hoppe Reiter. Später hatte er es dann gehaßt. Zu viele rauhe Schöße und er nicht mehr klein genug. Er schaukelte und schaukelte und versuchte, so zur Ruhe zu kommen. Doch Monas Gesicht ging nicht weg.

Er stand auf und öffnete das Fenster, um laut Scheiße zu rufen. Scheiße. Scheiße. Vielleicht holten sie ihn dann ab. Sperrten ihn ein, und es war Frieden. Doch er stand nur da und bewegte die Lippen und blieb lautlos. Nur Mona schrie unten am Ufer im Gebüsch, und keiner hörte sie. Er stöhnte auf. Sinn ins Leben kriegen. Er hatte doch gedacht, ein Feinerer geworden zu sein, als könnte Helenes Gold auf ihn abfärben. Aber er war für den Sumpf bestimmt. Wie Mona, die da im Wasser des Kanals lag.

Zu spät für sie. Aber sich mußte er retten gehen. Er schob den Stuhl heftig beiseite, daß der umfiel, und lief zur Tür. Doch er hielt an und sah in den Spiegel, der an der Garderobe hing, und fuhr sich durchs Haar und griff nach der Jacke. Anständig aussehen. Nicht auffällig sein. Er mußte sich beruhigt haben, wenn sie nachher zusammenkommen würden. Er war doch noch nicht bereit, sich aufzugeben.

Auf dem Tisch stand eine große Thermoskanne, die die Alte aus den Tiefen des Küchenschrankes gekramt hatte. Nell war dabei, die braunen Henkeltassen zu verteilen, von denen es fünf gab. Kurt saß schon da, Steve war gerade eingetroffen, und sie horchten auf das nächste Klopfen, wenn Alfred kommen würde.

Der am schlimmsten Betroffene. Monas Witwer beinah.

»Alkohol gibt's nicht«, sagte Grete Ranke und nahm die Kanne zur Hand. »Ihr habt gestern genug gesoffen.«

»Ist aber noch reichlich da«, sagte Kurt, »und es ist doch schon nach sieben.«

»Wo Alfred nur bleibt«, sagte die Alte und setzte die Kanne wieder ab, um sich auf einen Stuhl fallen zu lassen. Ihr war viel Kraft verlorengegangen an diesem Tag. »Tu du, Kind«, sagte sie und sah Nell an, die nicht wußte, ob Grete die Kanne meinte oder das Klopfen an der Tür, das sie jetzt alle hörten. Doch Steve war schon aufgestanden, um in den Flur zu gehen, und so schenkte Nell den Kaffee ein, der dick in die Tassen floß.

Alfred und Steve blieben im Flur stehen, und die drei in der Küche hoben den Kopf. »Was soll das jetzt sein«, rief die Alte, »kommt rein.« Alfred trat ein und hatte die Hände in den Taschen seiner Jeansjacke gestemmt, und als er sie herauszog, waren sie immer noch zu Fäusten geballt. »Ich war noch bei Mona«, sagte er, und Steve kam jetzt hinter ihm herein und zog die Augenbrauen hoch, und Nell sah es und spürte einen kleinen Stich. Vielleicht gehörte das zur Ähnlichkeit, die er mit Josh hatte. »In der Wohnung«, sagte Alfred, »mit ihrer Schwester.«

»Und?« fragte Kurt. »Habt ihr was gefunden, das euch schlauer gemacht hat?« Er stand auf und nahm ein Schnapsglas aus dem Küchenschrank. »Für Alfred«, sagte er zur Alten.

»Sie ist ja nicht in der Wohnung umgebracht worden«, sagte Alfred. »Da war alles wie immer.«

»Läuft eben ein Frauenmörder hier herum«, sagte Kurt, »Helene muß auf sich aufpassen.«

»Und wir auf Helene«, sagte Steve und stand auf, um sich auch ein Glas zu holen. Die Flasche war längst auf dem Tisch.

»Nu hol schon für alle«, sagte Grete Ranke, »und Nell, die wird selber auf sich aufpassen.«

Dann sah sie erst Kurt an und dann Alfred und dann Steve.

Nell kam von der Kanalstraße, als sie die Männer dort unten am Ufer sah, die das Gebüsch durchkämmten, und sie ging schnell weiter und blieb nicht wie die anderen stehen, die sich auf dem Stück Grün scharten, das oberhalb des Kanals angelegt war.

Noch immer suchten sie nach Spuren. Nichts hatten sie unter Monas Nägeln gefunden. Keine Faser an der leichten Jacke und den Leggings, die sie getragen hatte, um an diesem Morgen zu laufen. Trainingskleidung. Vollsynthetisch. Der Mörder schien es leicht gehabt zu haben mit Mona.

Nell ging den Winterhuder Weg hoch, um für die Alte noch ein paar Blumen zu kaufen. Grete gefiel ihr nicht. Es war nicht nur die Trauer, da war noch etwas ganz anderes, das der Alten im Kopf zu sein schien. Kurt ging ein und aus bei ihr, und auch er sah aus, als wolle er das Altwerden, das er lange aufgehalten hatte, in diesen Tagen nachholen.

Nell nahm die Bartnelken in den Arm, deren nasse Stiele ihr auf Joshs Leinenjackett tropften, und ging in die Mozartstraße hinein, in der irgendwo Steve wohnte, und drehte sich ein paarmal um, als hätte sie ihn auf den Fersen. Sie griff nach ihrem Schlüssel, den sie immer schon in die Hand nahm, lange bevor sie vor ihrer Tür stand, und fühlte den Brief in ihrer Tasche, der ihr Ankommen auf der Finca ankündigte. Sie hatte ihn zur Post getragen und nicht abgeschickt. Die Alte ging sie jetzt mehr an als alle Olivenhaine, und ihre Eltern genügten sich selbst.

»Die Klingel geht wieder«, sagte die Alte, nachdem Nell an die Tür geklopft hatte, um ihr die Blumen zu geben. Nell folgte ihr ganz selbstverständlich in die Küche. »Dabei war das kaputte Ding ja 'ne Erinnerung an Mona«, sagte Grete und nahm eine Vase aus dem Schrank.

Nell sah Monas Gesicht vor sich. Sorgfältig geschminkt. Die tiefroten Lippen. Viel zu schnell hatte sie den Gavi getrunken.

»Sie suchen noch unten am Kanal«, sagte Nell.

»So«, sagte die Alte, »ich dachte, sie hätten alles gefunden.«

»Was haben sie gefunden?« fragte Nell überrascht.

»Guck in die Zeitung, Kind«, sagte Grete und klang müde. »Irgend so 'n Plättchen aus Plastik. Scheint wichtig zu sein.«

»Wo ist die Zeitung?« fragte Nell. Die Alte sah sich suchend um.

»Hat Kurt wohl mitgenommen«, sagte sie.

»Kurt ist jetzt oft hier«, sagte Nell.

»Und kommt mir vor, als ob er über mir kreist. Der olle Geier hat Angst, hier was zu verpassen.«

»Und was macht Ihnen angst?« fragte Nell.

»Ich koch für uns beide heut abend, Kind«, sagte Grete, »wir wollen uns ja nicht gehenlassen.«

»Was macht dir angst, Grete?« fragte Nell.

Die Alte drehte sich um und lächelte und legte ihre Hände auf Nells Gesicht. »Gut, daß wir dabei angekommen sind«, sagte sie, »beim Du. Jetzt bist du Kind bei mir im Haus.«

»Und die anderen Kinder?« fragte Nell.

Grete Ranke atmete tief durch. »Gitarre haben sie alle mal gespielt«, sagte sie.

»Das war also ein Plektrum, das da gefunden wurde«, sagte Nell sanft. Im Grunde war ihr die ganze Zeit klar gewesen, wovor die Alte Angst hatte. »Kurt ist doch zu alt«, sagte Grete, »und warum sollte er Mona umbringen? Und warum der Junge?«

»Darum denkst du an Alfred«, sagte Nell.

»Sie hat ihn oft gepiesackt. Konnte zickig sein, unsere Mona.«

»Alfred geht mir nach. Er beobachtet mich«, sagte
Nell und war selbst erstaunt von ihrer Feststellung.

»Er hat es immer schwer gehabt«, sagte die Alte,
»aber das hatten die anderen auch. Darum sitzen sie
alle bei mir, weil's mit den eigenen Müttern nicht so
geklappt hat.«

»Du mußt mit ihm sprechen«, sagte Nell.

»Ja, Kind«, sagte Grete Ranke, »und aufpassen müssen wir.«

Er war ganz gut durch die Tage gekommen.
Hatte sich eine Tätowierung oben in der Herderstraße
machen lassen, der er sein Geheimnis anvertraute,
und es war ihm ein Trost, drüberzustreichen, auch
wenn es noch ziemlich weh tat an der Stelle.

Er hatte auch die Gitarre wieder hervorgeholt und ein
paar Akkorde gespielt. Sich besonnen auf das, was er
doch auch noch war. Nicht nur Monas Mörder. Die
kleine Nutte hatte er fast vergessen. Er war bestens im
Verdrängen, schon seit er denken konnte. All die net-
ten Onkels, denen er auf dem Schoß gesessen hatte.
Weggepackt waren sie, irgendwo weit hinten in der
Erinnerung. Wie seine Mutter, die ihn am Arm gegriffen hatte, an seinem dünnen kleinen Kinderarm, und
ihn durch die Wohnung gezerrt, wenn er nicht nett

sein wollte zu den Onkels, und ihm die Hand auf den Mund gelegt hatte, wenn er schrie.

Eine Nutte war sie gewesen, auch sie, nur daß sie ihn verkauft hatte und nicht sich. Er sah sie vor sich mit ihren roten Krallen und dem geschminkten Mund. Dick angemalt, damit keiner ihre schmalen Lippen sah. Er sah sie und tat sie weg. Wie die Gitarre, nachdem er die Zeitung gelesen hatte. Die Gitarre auf den Schrank, seine Mutter in die Tiefen des Vergessenwollens.

Helene war anders. Aber er hatte schon manchmal geglaubt, daß sie anders seien. Alle, die ihm verflossen waren, wie Mona jetzt. Er kam doch nicht ganz ohne den Wodka aus. Auch wenn er schon fast aufgehört hatte damit. Doch dann tauchte Monas Gesicht auf, und er mußte trinken und versuchen, von Helene zu träumen und daß er sich rantraute an sie.

Count Your Fingers, My Unhappy, My Unlucky, My Little Girl Blue, sang Janis Joplin. Nell ließ sie das Lied aussingen, ehe sie zur Tür ging, um auf das Klingeln zu reagieren. Es stand keiner mehr davor, und sie drückte den Summer und horchte ins Treppenhaus, ob die Tür dort unten endlich wieder schloß und sich jetzt erst einer anschickte, die Treppen zu ihr hinaufzusteigen. Sie glaubte, Schritte zu hören, doch dann war alles still, und Nell drückte die Tür wieder zu, um ins Zimmer zurückzugehen.

Sie tat die Nadel noch einmal in die Rille von Little Girl Blue und blickte zu Josh, der sie mit hochgezogenen Augenbrauen ansah. Nur seine Jeans trug er, und die Sonne lag ihm auf der nackten Schulter. »Okay, ich bin sentimental«, sagte Nell zu Joshs Fotografie. Sie ging zum Dual und hielt die Platte an und setzte sich auf die Fensterbank. Die Straße sah mittagsheiß aus, und kein Mensch war zu sehen. Vielleicht war es ja Grete gewesen, die die Musik gehört hatte und nicht ein zweites Mal hatte klingeln wollen. Nell zog die Knie an, wippte leicht und horchte auf jeden Laut. Sie wußte nicht einmal, warum sie dieses Unbehagen spürte.

Er hatte sich die Treppen hochgeschlichen und vor ihrer Tür gestanden und einmal tief durchgeatmet, ehe er klingelte. Er kannte das Stück, das Helene spielte. Hatte es selbst schon auf der Gitarre versucht und war dabei immer gefühlsduselig geworden. Er stand eine Weile und wartete, doch Helene öffnete nicht. War ja vielleicht untergegangen, das Klingeln, bei all der Musik. Doch er traute sich kein zweites Mal. Schlich die Treppen wieder runter und hielt den Atem an, als er die Tür oben hörte und Helenes Schritte. Sie stand oben am Treppenabsatz, und er hatte sich gegen den Ölanstrich gedrückt, statt zu rufen und raufzugehen und »Hier bin ich, Helene« zu sagen.

Ganz unten auf die Steinstufen hatte er sich gesetzt und noch gewartet, als wären draußen seine Verfolger, und auch nach oben gehorcht, daß bloß keiner aus dem vierten Stock käme und ihn hier hocken sähe. Der Schneid hatte ihn verlassen. Für den Moment jedenfalls, und er stand auf und ging leise hinaus.

Ich hab nicht geklingelt, Kind«, sagte Grete, »hab den halben Tag gegeben und 'ne schwarze Jacke gekauft. Dabei käme Mona auch unter die Erde, ohne daß ich als Krähe komme.«

»Gibt es denn einen Termin?« fragte Nell.

»Sie wird aber jetzt freigegeben. Kurt hat auch schon gefragt.«

»Und Alfred?«

»Kommt heut abend«, sagte die Alte. »Das steht mir ordentlich bevor. Wird sich hoffentlich rausstellen, daß wir beide bloß hysterisch sind.«

»Es kann tausend andere Lösungen geben«, sagte Nell.

»Das Dumme ist nur, daß ich die ganze Zeit denken muß, daß es was mit uns zu tun hat«, sagte Grete.

»Ein ganz zufälliger Tod«, sagte Nell, »wie der von Josh.«

Die Alte schüttelte den Kopf. »Ihr Hals wird dem wohl nicht zufällig zwischen die Hände gekommen sein«, sagte sie.

»Aber es muß nicht Mona gemeint gewesen sein«, sagte Nell, »vielleicht suchte er nur irgendein Opfer.« Grete Ranke seufzte. »Um mal zuzudrücken?« fragte sie. »Kind, fast will ich sagen, das wäre schön.«

Er hatte eine richtige *sentimental journey* gemacht. Vorbei an der Verflossenen und mal zu den Fenstern hochgeguckt und das Thema Jugendliebe beendet. Dann den Bauzaun längs und der kleinen Nutte gedacht. In die Arndt rein und die Kanalstraße rauf. Sich von oben das Wasser angesehen und das Gebüsch, in das er Mona gezerrt hatte. Gar nicht erstaunt war sie gewesen. Nur die Kraft, die er in seinen schmalen Gelenken hatte, die schien sie doch gewundert zu haben. Er nahm seine Hände aus den Taschen und betrachtete sie und mußte sich selber wundern. Zum Klavierspielen hätte er sie viel lieber genommen. Helene was vorspielen, wie es ihr Liebster getan hatte. Irgend 'nen Schmalz. Was den Weibern so gefiel. Aber er wollte nicht mehr Weiber sagen. Arbeitete immer noch daran, was Feineres zu werden. Fein genug für Helene. Er bog in die Beethoven ein. Wollte den Keyboards aus dem Wege gehen. Hin zur Humboldt. Einen neuen Anlauf nehmen. Endlich ankommen. Hier bin ich, Helene.

Hier hat das Klavier gestanden«, sagte er. Nell nickte. Er zog die Augenbrauen hoch und ging näher an die Fotografien heran und betrachtete Nell und Josh. »Darf ich doch«, sagte er.

Nell nickte wieder. »Sie haben Ähnlichkeit mit ihm«, sagte sie. Er lächelte. Es schien ihn zu freuen.

»Ich hab ein Keyboard gehabt«, sagte er, »mußte ich aber zurückgeben. Kommt nicht genügend Geld rein zur Zeit.«

»Grete hat Angst, daß Sie es mit Drogen verdienen.«

»Nein«, sagte er, »ich hab gesehen, wie meine Mutter sich aufputschte, und dann war es fürchterlich. Mir genügt 'n Wodka. Sie wissen doch, Zaranoff.«

»Ich habe nur Wein da«, sagte Nell und ging in die Küche und kam zurück und sah ihn noch immer da stehen. Doch jetzt mit nackten Schultern, die Träger des T-Shirts heruntergezogen, als versuche er, das Foto von Josh nachzustellen.

Er kam auf sie zu und hielt ihr die Schulter hin, und da sah Nell die Tätowierung und mußte sich zusammennehmen, um nicht zu zeigen, wie lächerlich sie das fand. Ein Kranz. Kleine Blüten und Beeren, in ihm ihr Name. Hier bin ich, Helene.

»Es gefällt dir nicht«, sagte er.

»Doch«, sagte sie. »Nur ein bißchen anmaßend.« Es wäre viel schlimmer gewesen, hätte Nell in dem Kranz gestanden.

Er zog das T-Shirt wieder an und grub die Hände in die Taschen seiner Jeans, holte eine goldene Hülse hervor und fing an, sie nervös zu drehen. »Bist was

Besseres gewohnt«, sagte er, und seine Stimme klang auf einmal wieder gewöhnlich.

»Das ist es nicht«, sagte Nell und sah, wie sich die Sonne in dem kleinen goldenen Ding fing, das er da in der Hand drehte. Um diese Zeit kam der Streifen Sonne immer dort an, wo das Klavier gestanden hatte.

»Ich liebe Josh«, sagte sie, als könne das ihn besänftigen.

»Aber der ist tot«, sagte er, »wie Mona.«

Nell nickte und behielt das goldene Ding im Blick und wußte auf einmal, was es war. »Monas Lippenstift«, sagte sie.

»Ja«, sagte er und schien fast erleichtert zu sein. »Ist ihr rausgefallen. Im Gebüsch. Und ich hab ihn aufgehoben.«

»Wann?« fragte Nell und fühlte, wie sich der Schweiß in ihrem Nacken sammelte.

»Als ich sie getötet habe«, sagte er ganz ruhig und steckte den Lippenstift wieder in seine Jeanstasche. »Sie hatte mich gesehen, als ich die kleine Nutte erwischt habe.«

»Und jetzt hast du wieder eine Zeugin«, sagte Nell.

»Ich hab's dir ja nur erzählt«, sagte er und ging auf Nell zu.

»Komm, lieb mich«, sagte er.

Nell schrie. Schrie, als wollte die Anspannung von Wochen aus ihr weichen. Dann erst fühlte sie seine Hände an ihrem Hals.

Komm rein, Omi«, sagte Steve und sah die Alte an, die noch immer die Fäuste hochhielt, als wollte sie weiter gegen das Holz der Tür schlagen. Sie ging an ihm vorbei und sah Nell still auf dem Boden sitzen und auf die Dielen starren.

»Ist alles gut, Kind?« fragte Grete.

»Ja«, sagte Nell.

Die Alte drehte sich um und sah Steve an, der in der Tür zum Flur stand. »Du warst es, Junge«, sagte sie.

Steve nickte. »Jetzt kannst du mich abliefern«, sagte er.

»Ja«, sagte die Alte, »das werde ich auch tun.«

Und sie ging zu Steve, um ihn sanft an die Hand zu nehmen.